033

Ange (L') du Village

L'ANGE

DU VILLAGE

PARIS. — IMP. ÉDOUARD BLOT, RUE BLEUE, 7.

L'ANGE DU VILLAGE

OU

TOUT POUR { MON PÈRE !
{ MA MÈRE !

COMÉDIE EN DEUX ACTES

MÊLÉE DE COUPLETS

PAR

MM: ADOLPHE POUJOL ET DUFFAUD

Représentée sur le théâtre du Gymnase
des Enfants, à Paris.

PARIS

LIBRAIRIE CLASSIQUE DE CH. FOURAULT et FILS

47, RUE SAINT-ANDRÉ-DES-ARTS

—

PERSONNAGES

LA BARONNE DE LINDORF   Mlle EUPHÉMIE
ADOLPHE, son fils   M.   CUREY
JULIETTE, sa nièce   Mlle EUGÉNIE
HÉLÈNE, jeune orpheline   Mlle VIRGINIE
UN INCONNU   M. FOINET
NINETTE, jardinière   Mme GABRIELLE
SEIGNEURS
PARENTS ET PARENTES DE LA BARONNE
VILLAGEOIS ET VILLAGEOISES
DEUX DOMESTIQUES

La scène se passe en Allemagne

Les variantes sont à la fin

L'ANGE DU VILLAGE

ACTE PREMIER

L'intérieur d'un parc. — A gauche, au premier plan,
l'entrée du château. — Au deuxième plan, derrière
le château, une allée du parc. — A droite, un berceau. — Au fond, une grille ouvrant sur la campa-
gne. — Sur le devant de la scène, à gauche, plusieurs chaises de jardin.

SCENE I

NINETTE, *seule, sortant du château.*

Tiens... déjà la grille ouverte!... Oh! c' n'est
pas étonnant...; mam'selle Hélène sera sans
doute allée faire sa promenade du matin...
J'veux dire qu'elle sera allée visiter des malheureux...,Ma fine! c'est ben avec raison qu'on

l'appelle l'ange du village... chacun de nos habitants la porte dans son cœur... et ils crient partout qu'elle est la plus meilleure de toute l'Allemagne... Au fait, elle est si bonne!... si douce!... Ah! il faut qu'elle en ait d'la douceur et d'la patience, pour m'apprendre à lire... à moi, que j'ai la tête dure... comme une cruche de bière!... Dieu de Dieu! Ninette, que t'as la tête dure, ma fille!... Aussi ai-je-t-il pour ma maîtresse d'lecture une fameuse reconnaissance!... Je ne sais pas même si je n'lui en dois pas davantage qu'à mam'selle Juliette, la nièce d' not' bourgeoise, mame la baronne de Lindorf... mam'selle Juliette, qui m' donne toujours d' si beaux chiffons... et dame!...

AIR : *Vaud. du Charlatanisme.*

Les beaux chiffons, c'est attrayant...
L' dimanch', quand j' vais au bal champêtre,
Pour voir mon attirail brillant,
Chacun se met à la fenêtre!
Et dans l' village, autour de moi,
J'entends chuchoter : (ça m' rend fière!)
« Ninette a l'air d' la fill' d'un roi!... »

(Se redressant.)

Oui, vraiment, d'la fille d'un roi!...
Ou ben... d'une grasse fermière.

(*Se regardant.*) Quand j' dis grasse... pas tout
à fait...., mais ça viendra p't-être... En réfléchissant, j' suis embarrassée tout d' même d'
savoir laquelle que c'est des deux, d' mam'selle
Hélène ou d' mam'selle Juliette, que j'aime le
plus..., à laquelle que j'ai le plus d'obligations...
Lire couramment, ou être ben mise... hum?
hum?... je flotte... (*Se tournant du côté du château.*) Ah! j'entends mam'selle Juliette...; est-
elle matineuse au jour d'aujourd'hui?... j' de-
vine le pourquoi... (*Juliette, en grande toilette,
sort du château.*) Saperlotte? quelle est pimpante!

SCÈNE II.

JULIETTE, NINETTE

JULIETTE.

Comment me trouves-tu, Ninette?... Surtout
pas de compliments..., je les déteste.

NINETTE, *à part.*

Elle les adore. (*Haut.*) Pour vous parler à la
bonne franquette, j' vous trouve plus belle et
plus éclatante... que l' plus beau soleil d' mon
jardin.

JULIETTE, *touchant le menton de Ninette.*

Elle ne manque pas d'esprit, cette petite Ninette.

NINETTE.

N'est-ce pas, mam'selle?... j'suis pas trop bête, sans qu'ça paraisse.

JULIETTE.

Au reste, tu me rassures..., car n'ayant pas l'habitude de me lever de si bon matin, je craignais d'avoir la figure fatiguée... Ah! il me fallait un motif bien puissant pour m'imposer un tel sacrifice !

NINETTE.

J' comprends, mam'selle... j' comprends... l'arrivée d' not' jeune étudiant en médecine, votre cousin, m'sieur Adolphe... En v'là une drôle de chose!... le fils d'une baronne, qui s'en va étudier la médecine, comme un petit bourgeois !

JULIETTE.

Le fait est que mon cousin a les idées un peu

roturières... Il prétend qu'un noble ne doit pas s'en rapporter qu'à l'illustration de son origine..., mais qu'il doit s'instruire, au contraire, pour être à même de braver les revers de fortune qui peuvent l'atteindre... (*Riant.*) Oh! mon cher cousin est prévoyant!

NINETTE.

Enfin, on dit qu'il est diablement savant, tout d' même... et qu' s'il n'est pas encore médecin c'est parc' qu'il est trop jeune?...

JULIETTE.

Un docteur de dix-huit ans... ce serait original!

NINETTE.

Ça serait cocasse!

JULIETTE.

Mais ce qui est très-mal à lui, c'est de n'avoir pas fixé l'heure de sa venue...; si je n'avais pas pris mes précautions, je courais grand risque d'être surprise en négligé.

1.

NINETTE.

En négligé... ah c'tte horreur!... (*A part.*)
Est-elle coquette!... encore plus qu' moi!...

JULIETTE.

Je ne sais pas comment Hélène s'arrange...
sans se donner la moindre peine, elle est toujours mise à l'air de sa figure.

NINETTE.

Oh !... vous êtes ben plus élégante !

JULIETTE.

Il ferait beau voir le contraire!... Hélène n'est
qu'une étrangère ici, une orpheline recueillie
par ma tante... Moi, je suis la nièce de la baronne de Lindorf, et bientôt la fiancée de son
fils le baron... Adolphe, par son talent, son
noble titre, deviendra sans doute médecin du
roi...

NINETTE.

Et vous serez madame la médecine !

JULIETTE.

Alors je vais à la cour..., je t'emmène...

NINETTE, *avec exclamation.*

Vous m'emmenez à là cour ?

JULIETTE.

Je te fais ma camériste…; tu porteras ma queue.

NINETTE.

J' porterai vot' queue !… quel honneur ! (*A part.*) Oh ! j' préfère mam'selle Juliette !… (*Haut.*) En ce cas mam'selle Hélène restera près de mame la baronne, qui l'aime tant !

JULIETTE, *avec dépit.*

C'est vrai…; ma tante partage toute son affection entre Hélène et son fils Adolphe…, tandis qu'à moi elle ne témoigne qu'une froide amitié.

NINETTE.

Dame ! écoutez donc… dans cette maladie, où c' que nous avons désespéré des jours de vot' tante, mam'selle a passé toutes les nuits à son chevet… Aussi, depuis c' temps-là mame la baronne ne voit que par ses yeux…; elle n' sait rien lui refuser…

JULIETTE.

Oui... Hélène obtient tout ce qu'elle veut.

NINETTE.

Oh! faut lui rendre justice... elle ne demande
que pour les pauvres.

JULIETTE

A quinze ans, elle occupe déjà une place
parmi les dames de charité...; pour elle seule
tous les regards, toutes les actions de grâce!...

NINETTE.

Et ça vous tarabuste !

Air : *C'est des bétis's d'aimer comm' ça.*

> C' que vous éprouvez dans votre âme,
> J' l'éprouve aussi... mais autrement... :
> C'est lorsque j' vois fillette ou femme
> Plus joli' qu' moi... J' conviens pourtant
> Qu' c'est assez rare, heureusement.
> J' sens alors mon cœur gros comm' quatre...
> J'étouff', que j'en pleur'rais, oui-dà...
> Ah! ah! ah! ah! ah! ah! ah! ah!
> Puis il me prend des envies d'battre...
> Qu'est-c' qu' c'est donc que c' vilain mal-là,
> Qui vous fait souffrir autant qu' ça ?
>   Ah!
> Q'est-c' qu' c'est que c' vilain mal-là ?

JULIETTE

Ce mal... c'est la jalousie!... (*Mouvement de Ninette.*) Oui..., je l'avoue..., je suis jalouse d'Hélène..., et cependant, je ne puis m'empêcher de lui rendre justice.

NINETTE.

Elle est si raisonnable pour son âge!...Quand elle parle, on croirait entendre un livre... doré sur tranche!

JULIETTE, *avec impatience.*

Assez... assez !...

SCÈNE III

LES MÊMES, HÉLÈNE, *entrant par le fond. — Elle est mise très-simplement et vient auprès de Juliette qui la reçoit avec froideur.*

HÉLÈNE, à *Juliette.*

Bonjour, ma chère Juliette... (*Se tournant vers Ninette.*) Bonjour, Ninette!

NINETTE.

Salut, mam'selle.

HÉLÈNE.

Si vous saviez combien je suis heureuse ce matin!...

JULIETTE.

Et quel est ce grand bonheur?

HÉLÈNE.

Tu sais que Muller, cet honnête fermier des environs, devait plusieurs termes à son propriétaire, qui menaçait de le chasser...; la somme était trop considérable pour que je pusse la demander à madame la baronne... Alors, je vais trouver cet homme cruel, je lui peins l'horrible situation du fermier obligé de quitter, avec sa famille, le village qui l'a vu naître... Mon Dieu! qu'on est heureux d'être jeune, puisque la voix de la jeunesse a tant d'empire... même sur les cœurs les plus durs! Je parviens à l'attendrir...

NINETTE, *à part.*

Elle a attendri un *propriétaire...*, faut quelle ait la langue diablement ben pendue!

HÉLÈNE.

Et tout de suite, je cours porter cette bonne
nouvelle à la ferme... Ah ! si tu avais été témoin
de leurs remercîments !... Père, mère, enfants,
tous me bénissaient en pleurant de joie..., et
cependant, je n'avais rien fait que de très-na-
turel.

JULIETTE.

Plus tard ce sera mon tour... Quand je serai
grande dame, j'irai visiter les malheureux dans
les hôpitaux.

NINETTE.

Et moi, j' porterai vot' queue.

JULIETTE.

J'entends déjà chacun se dire : « Quel est
« ce bel équipage, qui s'arrête devant une
« maison sans apparence?... Ah!... voyez-
« vous! une grande dame descend de la voi-
« ture!... »

NINETTE, *avec satisfaction.*

Hein ?... nous roulerons carrosse, à c' qu'il
paraît !

JULIETTE.

Resplendissante de parure et de majesté,
j'entre dans la mansarde, et le pauvre, croyant
à une apparition céleste, s'incline émerveillé,
en s'écriant : « Bénis-moi, ange descendu du
ciel! »

NINETTE.

Descendu du ciel! c'est-à-dire descendu
d' voiture...

AIR du *Piége*.

Faire briller chez le pauvre honteux
    Sa splendeur et son opulence,
Ah! c'est le rendre encor plus malheureux...
    Quand on visite l'indigence,
Un saint exemple apprend, j'en fais l'aveu,
Que de tout faste on doit être économe...
Car, dépouillant sa dignité de Dieu,
Pour nous sauver, Jésus-Christ s'est fait homme!

JULIETTE.

Je n'ai rien à répondre.

NINETTE, *à part*.

En a-t-elle de ces raisonnements!... Oh! c'est
elle que j' préfère!...

HÉLÈNE.

Ninette, as-tu repassé ta leçon de lecture?

NINETTE.

J'ai pas eu l' temps, mam'selle...

HÉLÈNE.

Qu'as-tu donc fait?

NINETTE, *avec contentement.*

J'ai ajouté à mon bonnet des dimanches d'la dentelle, des rubans, des fleurs... qu' c'en est ébouriffant!... Oh! il sera fièrement beau, allez, mon bonnet!... il sera gros... comme un ballon!... et tout ça, histoire d'apprendre à travailler à l'aiguille...

HÉLÈNE, *souriant.*

Sois franche..., et conviens que c'est plutôt par un petit mouvement de coquetterie...

[JULIETTE.

Je n'y vois pas de mal... à notre âge, n'est-ce pas pardonnable?... et d'ailleurs...

Air : *La riche nature.* — (L'éclair. — Halévy.)

La coquetterie
Est un agrément,
Dont femme jolie
Doit user souvent;
Pour nous il recèle
Maints charmes exquis :
Même à la moins belle
Il donne du prix.
Gentille toilette,
Dans chaque salon,
Fait qu'on nous souhaite...
Et puis, c'est bon ton !
Voilà de ma vie
Quel est le plaisir,
Et mon cœur n'envie
Nul autre avenir !

NINETTE, *à part.*

Décidément, j' crois que j' préfère mam'selle Juliette. (*Haut, à Hélène.*) Oui, qu' c'est notre avenir, saperlotte !... Savez-vous ben qu'un jour j'irai à la cour, dà... j'y aurai un bel emploi... j' porterai la qu'eue d' mam'selle Juliette!... Par ainsi, n' dois-je-t-il pas m'habituer à être cossuse dans mes z'hardes.

HÉLÈNE, *avec un un peu de gaieté.*

Mais, à la cour, on remarquera ton langage si

peu en harmonie avec ta mise, et les railleries
ne t'épargneront pas, si on t'entend prononcer
de ces mots : « Ne dois-je-t-il pas ! cossuse...
mes z'hardes... »

NINETTE.

Vot' parole d'honneur ?

HÉLÈNE.

Il est donc nécessaire que tu apprennes bien
vite à lire, pour être digne de porter de] belles
robes.

NINETTE.

C'est, ma fine, juste !

JULIETTE, à part, avec dépit.

Elle a toujours raison.

NINETTE, prenant le milieu de la scène.

Ah çà ! j' bavarde... j' bavarde... et j'oublie
qu' j'ai à m'occuper des préparatifs de la fête
que mame la baronne doit donner à l'occasion
du retour de son fils.

JULIETTE.

Une fête ?

NINETTE, *mystérieusement avec volubilité.*

Chut!... c'est un secret!... elle a d' grands
projets, vot' tante... elle veut vous surprendre,
vot' tante...

JULIETTE, *avec joie.*

Vrai ?

NINETTE.

.Chut!... oh ! elle m'a recommandé surtout
de n' pas vous parler du bal...

JULIETTE.

Un bal !

NINETTE

Chut donc!... ni des invitations envoyées à
la ville... Aussi j' m'en sauve, de crainte d'être
tentée d'vous dire queuq'chose.

AIR du *Démon de la nuit.* (Final du prem, acte,)

> Je bats vite en retraite,
> Sinon ma bouche parlerait ;
> Mais j' dois rester muette...
> Qu' c'est dur de garder un secret! (*bis.*)

ENSEMBLE,

NINETTE.

Je bats vite en retraite, etc,

JULIETTE et HÉLÈNE.

Éloigne-toi, Ninette,
Sinon ta bouche parlerait.
Crois-moi, reste muette.
Puisqu'il faut garder le secret. (*bis.*)

NINETTE, *avant de sortir, se retournant vers Hélène et Juliette, et mettant le doigt sur sa bouche.*

Chut ! (*Elle rentre au château.*)

SCÈNE IV

JULIETTE, HÉLÈNE.

JULIETTE.

Une fête !... un bal !... et sans nous en prévenir... Que signifie ce mystère ? Eh bien ! Hélène, tu ne songes pas à ta toilette ?

HÉLÈNE.

J'ai le temps.

JULIETTE.

Tu n'es pas comme les autres jeunes filles de ton âge.

HÉLÈNE.

Oui..., je ne suis pas comme les autres... qui ont une famille !... moi, je ne suis qu'une orpheline recueillie par madame la baronne de Lindorf !

JULIETTE.

Quand je pense à ton histoire, il me semble que c'est un roman... Oh ! ma tante me l'a souvent racontée... Il y a dix ans à peu près, pendant la nuit, arrive dans ce château un étranger couvert d'un large manteau...; sa figure pâle, ses yeux hagards peignaient le trouble de son âme. Il portait un enfant dans ses bras... : c'était toi. Se jetant aux genoux de ma tante, il s'écrie d'une voix entrecoupée par les sanglots : « On m'a vanté vos vertus, votre rare « bienfaisance...; je vous confie un dépôt sa- « cré... ma fille... Oh ! par pitié, prenez soin de « mon Hélène...; plus tard, ce médaillon lui « fera connaître son père !... » Puis, se dérobant à toutes les questions, il quitte précipitamment la baronne, et l'on n'a pu le rejoindre.

HÉLÈNE, passant la main sur son front et, cherchant à se rappeler.

J'ai de cela un souvenir confus..., indéterminé... comme un rêve...

JULIETTE.

Pour tout renseignement, on a trouvé sur toi le portrait de l'étranger.

HÉLÈNE.

Il est là !... toujours !... (*Tirant de son sein un médaillon qu'elle embrasse.*)

Air : *Quand la nuit l'épais feuillage.* (L'Éclair.— Halévy.)

> Portrait aimé, précieux gage,
> Seul aliment à mon amour,
> Reçois ici le pur hommage
> Que t'offre un cœur sans nul détour.
> Et si jamais de la misère
> Je subissais l'affreuse loi,
> > Image chère,
> > En qui j'ai foi,
> > Sur cette terre
> > Protége-moi !

JULIETTE.

Peut-être ton père existe-t-il encore !

HÉLÈNE.

Hélas ! je n'ai plus d'espoir... s'il vivait aurait-il eu le courage de rester si longtemps séparé de sa fille ?

JULIETTE.

Je ne suis qu'une orpheline aussi, moi...; mes
parents n'avaient pas de fortune, à la vérité;
mais ils étaient nobles... Je puis parler de ma
naissance dans le monde, où je suis appelée à
briller...; tandis qu'à toi, la retraite seule peut
te convenir.

HÉLÈNE.

Je ne forme qu'un vœu, celui de rester auprès de madame la baronne, si souffrante depuis sa maladie, pour aimer sans cesse comme
une fille celle qui m'aime comme une mère!

JULIETTE, *à part.*

Comme une mère!... (*Haut.*) Dans quelques
années, quand je serai mariée à mon cousin,
mon existence ne sera qu'une suite de plaisirs.

HÉLÈNE.

Je ne pense pas aussi légèrement.

JULIETTE.

Ah!... (*A part.*) Sainte-nitouche !

HÉLÈNE.

Une fois dame, une fois mère de famille,
tout le bonheur d'une femme doit, selon moi,
se concentrer dans l'intérieur de sa maison,
dans l'éducation de ses enfants.

JULIETTE, *avec ironie.*

Une grand'mère ne s'exprimerait pas plus sa-
gement... Mais... tenez, Hélène... finissez... oui,
je vous serai obligée, si vous m'épargnez désormais l'ennui de vos leçons et de votre morale.

HÉLÈNE.

C'est mon amitié qui me dicte ces conseils.

JULIETTE, *à part.*

Son amitié !... (*Haut.*) Vous prétendez avoir
de l'amitié pour moi... et, chaque jour, vous
m'enlevez la tendresse de ma tante.

HÉLÈNE.

Peux-tu croire...?

JULIETTE.

Vos soins exagérés, vos attentions envers elle

me font paraître froide, indifférente... Quant à votre bienfaisance, qui ne vous coûte rien..., c'est un moyen de vous faire remarquer..., d'attirer les regards...

HÉLÈNE, *regardant fixement Juliette.*

Je suis certaine que ton cœur dément les cruelles paroles que ta bouche prononce... (*Lui prenant la main.*) N'est-ce pas?... n'est-ce pas, Juliette?...

JULIETTE *émue.*

Ah! Hélène!... tant de douceur... il est impossible de ne pas t'admirer, de ne pas t'aimer...

HÉLÈNE.

Ai-je toujours une amie, une sœur?...

JULIETTE.

Oh! je voudrais te le prouver!

SCÈNE V

LES MÊMES, NINETTE, *venant précipitamment du château.*

NINETTE.

Grande nouvelle!... fameuse nouvelle!...

JULIETTE.

Qu'est-ce donc?

NINETTE.

J'viens d'apercevoir, d'une des fenêtres du château, m'sieur Adolphe, qu'arrive dans la berline.

JULIETTE.

Mon cousin!... déjà!... J'ai été bien inspirée pour ma toilette.

NINETTE.

Et mame la baronne descend au jardin.

HÉLÈNE.

Quel instant pour une mère!

JULIETTE, *avec empressement.*

Ninette... Ninette... mes cheveux ne sont-ils pas dérangés?... quelques faux plis ne détruisent-ils pas l'harmonie de ma toilette?

NINETTE.

Non, mam'selle..., rien n'détruit la... la *si--monie* de vot' toilette. (*A part.*) Pour moi, j' vas ménager une surprise à m'sieur Adolphe. (*Elle disparaît par le deuxième plan, à droite.*)

JULIETTE, *qui est allée regarder au fond.*

Voici mon cousin.

(Pendant ce temps, Hélène a été au-devant de la baronne, qui sort du château.)

SCÈNE VI

LES MÊMES, *excepté* NINETTE; LA BARONNE DE LINDORF, ADOLPHE, *arrivant par la grille.*

TOUS.

AIR d'*Une bonne fortune.* (A. Adam.)

> Quel moment
> Enivrant!
> L'espoir
> Vient nous émouvoir ;
> Du retour
> Heureux jour,
> Qui rend un fils à notre amour !

ADOLPHE, *après avoir embrassé sa mère.*

> Ma mère, je vous vois...
> C'est le bonheur pour moi,
> Après l'ennui d'une longue absence !

LA BARONNE, *regardant son fils avec amour.*

Adolphe, mon enfant,
Ton doux embrassement
Met enfin un terme à ma souffrance !

TOUS.

Quel moment
Enivrant, etc.

LA BARONNE.

Mon cher Adolphe, je te possède donc après deux ans d'absence !... Ah ! je ne l'espérais pas.

ADOLPHE.

J'ai été informé de votre maladie...; mais seulement lorsque mes soins ne pouvaient plus vous être utiles... Pourquoi ne pas m'avoir appelé près de vous ?

LA BARONNE.

En te faisant venir de si loin, j'aurais vainement interrompu tes études... D'ailleurs, n'avais-je pas ma petite Hélène, ma garde-malade ?

ADOLPHE.

Oh ! je sais tout !... Ne me l'avez-vous pas écrit ?... (*A Hélène.*) Hélène, comptez sur mon éternelle reconnaissance.

2.

JULIETTE, *à part.*

Il ne m'a pas même regardée!

LA BARONNE.

Eh bien! Adolphe, tu ne dis rien à ta cousine?

ADOLPHE, *se retournant vers Juliette.*

Ma cousine... à mon départ, j'avais laissé une
enfant, et je retrouve une jeune fille aussi jolie
qu'élégante.

JULIETTE, *à part, et toute joyeuse.*

A la bonne heure!... (*Haut.*) Cousin, vous ne
me voyez qu'en négligé du matin... (*A part.*) Il
est fort aimable!

ADOLPHE, *revenant à Hélène.*

Oui, Hélène..., ma mère m'a appris votre dévouement pour elle... et vous ne sauriez croire
à quel point j'en ai été touché!

JULIETTE, *à part.*

Encore!

HÉLÈNE.

Ma conduite fut toute simple.

LA BARONNE.

Ta modestie souffre, je le vois, mon enfant...;
mais n'acquiers-tu pas tous les jours de nou-
veaux droits à nos remercîments ?

HÉLÈNE.

Pauvre orpheline jetée sur la terre, mon âme
avait besoin d'aimer...; c'est à moi à vous rendre
grâces de m'avoir ouvert votre cœur !

ADOLPHE, *avec enthousiasme.*

O ma mère ! quel langage !

JULIETTE, *à part.*

Allons, je suis oubliée !

SCÈNE VII

LES MÊMES, NINETTE, *avec un bonnet paré.*

NINETTE, *entrant par la droite et venant se placer
devant Adolphe.*

M'sieur Adolphe... v'là qu'me v'là, moi !...

ADOLPHE, *souriant.*

Eh! Dieu me pardonne, c'est Ninette!... est-elle grandie !...

NINETTE.

Oh! dame!... j'm'allonge...m'sieur Adolphe... Quoi qu'vous dites du beau bonnet qu'j'ai mis en votre honneur?...

ADOLPHE.

Il est superbe!... Ah! çà, est-ce que tu deviendrais coquette?

NINETTE.

Il le faut ben..., puisque j'dois porter la queue de... (*Juliette lui fait signe de se taire. — Bas.*) Suffit...je m' tais...

LA BARONNE.

Adolphe, tu resteras quelque temps avec nous?

ADOLPHE.

Je ne puis vous promettre cela, ma mère... Dans notre état, le moindre moment d'étude est précieux..., et c'est aux côtés du malade,, surtout, que nous devons étudier.

LA BARONNE.

Tu es digne de suivre la plus noble des carrières! (*A part.*) Plus que jamais, il faut mettre mon projet à exécution... (*Haut.*) Mon fils, je désirerais te parler... à toi seul... (*Désignant le berceau.*) Nous nous mettrons sous ce berceau...; l'air me fait du bien. (*A Juliette et à Hélène.*) Mes enfants, nous ne tarderons pas à vous rejoindre...

NINETTE, *à part.*

C'est une manière polie de leur dire: Allez-vous-en! (*Elle remonte la scène.*)

JULIETTE, *à part, regardant la baronne et Adolphe.*

Si c'était?...

LA BARONNE, *appelant Ninette, qui va pour sortir.*

Ninette.

NINETTE, *revenant sur ses pas.*

Mame la baronne.

LA BARONNE, *bas.*

Toutes les invitations sont-elles envoyées?

NINETTE, *bas.*

Il y a longtemps.

LA BARONNE, *bas.*

Tu diras aux garçons et aux jeunes filles du village de se rendre ici dans deux heures.

NINETTE, *bas.*

Oui, mame la baronne.

LA BARONNE, *élevant la voix.*

Après cela, tu iras cueillir des fleurs, que tu distribueras à tout le monde.

NINETTE.

J'y cours. (*Elle fait quelques pas.*)

ADOLPHE.

Des fleurs!... mais, ma mère, qu'est-il besoin...?

LA BARONNE, *souriant.*

J'ai mon idée... (*A Ninette.*) Tu m'as entendue, Ninette?

NINETTE, *redescendant.*

D' mes deux oreilles, mame la baronne... L'village d'abord... et ensuite...

AIR : *Désormais plus d'absence.*

Grâce à l'ordr' qu'on m'impose,
    Au jardin
J'irai cueillir la rose...
    C'est divin !

(*Bas à Hélène.*)

D' ces fleurs j' devin' l'usage ;
M'sieur Adolphe n' s'attend pas
    A se voir, je le gage,
Tant de bouquets sur les bras.

JULIETTE, *à part.*

Je brûle de connaître
Quel sera leur entretien :
Restons... ici peut-être,
Pour écouter, je suis bien.

ENSEMBLE.

NINETTE.

Grâce à l'ordr' qu'on m'impose, etc.

LA BARONNE, *à Ninette.*

Va : mon ordre t'impose.
    Et soudain,
D'aller cueillir la rose
    Au jardin.

ADOLPHE *et* HÉLÈNE, *à Ninette.*

Va : son ordre t'impose,
    Et soudain,
D'aller cueillir la rose
    Au jardin.

JULIETTE, *à part.*

Je vais, pendant qu'on cause,
  Et soudain,
Entendre quelque chose :
  C'est divin !

*(Ninette sort par la grille. — La Baronne et son
fils vont s'asseoir sous le berceau, à droite. —
Hélène rentre au château. — Juliette fait semblant de s'éloigner, et revient se cacher un peu
en arrière du berceau.)*

SCÈNE VIII

JULIETTE, *au fond;* LA BARONNE *et*
ADOLPHE, *assis sous le berceau.*

LA BARONNE.

Adolphe, ce que j'ai à te dire est de la plus
haute importance.

ADOLPHE.

Je vous écoute, ma mère.

LA BARONNE.

Depuis ma dernière maladie, chaque jour
mes forces diminuent..., et peut-être...

ADOLPHE.

Quelle affreuse pensée !

LA BARONNE.

Toi, initié dans les secrets de la médecine, tu ne saurais t'abuser sur mon état... Eh bien!... oublie que tu es mon fils, regarde-moi avec le sang-froid de l'étranger... Tiens... voici ma main... (*Adolphe prend la main de sa mère : — tous deux restent quelques instants silencieux et immobiles.*)

JULIETTE, *à part.*

Quel tableau !

LA BARONNE, *à son fils.*

Tu pâlis... tu trembles !...

ADOLPHE.

C'est l'émotion produite par vos paroles... Voyez... voyez comme je suis calme maintenant... (*A part.*) O science, je te maudis !

LA BARONNE.

La Providence, en privant l'homme des auteurs de ses jours, lui a donné la femme pour les remplacer, pour lui prodiguer les mêmes soins, la même tendresse... Mon fils, nous allons parler de ton avenir.

JULIETTE, *à part.*

Je m'en étais douté.

LA BARONNE.

Tu connais les coutumes anciennes de ce pays. Suivant l'usage, on choisit, quoique très-jeune encore, celle à qui plus tard on doit donner son nom. Pour cimenter une union projetée d'avance, deux familles se réunissent en habits de fête, et fiancent leurs enfants. Cette foi jurée au pied de l'autel, l'échange des anneaux, tout rend cette cérémonie aussi imposante que celle du mariage... Adolphe, aujourd'hui, si tu le veux, sera le jour de tes fiançailles.

ADOLPHE.

Aujourd'hui ?

LA BARONNE.

AIR de *l'Oiseau bleu.* (Thys.)

Tu le sais, Dieu marque, hélas !
L'instant de notre trépas;
Et, crois-moi, je le sens là,
Le mien n'est pas loin déjà.
　　A ma loi, (*bis.*)
　　Mon fils, rends-toi !

Ici-bas te voir heureux,
Puis mourir, voilà mes vœux !   } *(bis.)*

ADOLPHE.

Encore une fois, éloignez ces tristes idées !

LA BARONNE.

Oui, mon ami... Mais revenons à mon projet.

ADOLPHE.

Et vous me destiniez ?...

JULIETTE, *à part.*

Je suis tout émue !

LA BARONNE.

Ta cousine Juliette.

JULIETTE, *à part.*

Je respire !

LA BARONNE, *à son fils.*

Tu gardes le silence...; aurais-je parlé contre
le souhait de ton cœur ?

JULIETTE, *à part.*

Que va-t-il répondre ?

ADOLPHE.

Ma mère..., il ne me faut point une de ces femmes frivoles et coquettes, à moi, qui ai embrassé une profession si grave !

AIR de *Céline*.

De celle que j'avais rêvée,
Le caractère était modeste et doux.
Aimable, simple et réservée,
Elle aurait fait le bonheur d'un époux ;
On doit avoir, pour vivre bien ensemble,
Mêmes désirs et mêmes goûts...
Il faut donc qu'elle vous ressemble
Pour que je l'aime autant que vous !

LA BARONNE.

Tout cela ne m'apprend pas...

ADOLPHE.

Enfin, ma mère, c'est Hélène.

JULIETTE, *à part.*

Ciel !

LA BARONNE.

Je puis te l'avouer, puisque nous sommes seuls..., cette alliance était aussi le rêve de ma vie...; pour l'appeler ma fille, j'aurais enfreint les préjugés de la noblesse..., j'aurais oublié le mystère de sa naissance...

ADOLPHE.

Mais quel obstacle?...

LA BARONNE.

J'ai juré à ma sœur, la mère de Juliette, d'adopter sa fille et de l'unir à mon fils... Elle a quitté la terre, heureuse de cet espoir... La promesse faite à une mourante est sacrée, n'est-ce pas?

ADOLPHE, *avec douleur.*

Oh! oui, elle est sacrée!

JULIETTE, *à part.*

Qu'ai-je entendu?

LA BARONNE.

Juliette m'accuse déjà d'indifférence...; juge donc de sa douleur, si je détruisais une pensée qu'elle nourrit depuis longtemps!

ADOLPHE.

Je remplirai mon devoir.

JULIETTE, *à part.*

Son devoir!... ce mot-là n'est guère galant!

LA BARONNE.

Ta cousine, toute jeune fille, presque enfant,
se corrigera, j'en ai la certitude... Lorsque j'ex-
prime à Hélène, qui la connaît mieux que moi,
mes craintes sur ma nièce, que je trouve si lé-
gère, si coquette...

JULIETTE, *à part.*

Toujours ce nom de coquette !

LA BARONNE.

Elle me rassure... La coquetterie de Juliette
n'est, dit-elle, qu'un enfantillage...; puis elle
me vante les qualités de son cœur, que, plus
que toute autre, elle est à même d'apprécier...
Un bon cœur, ajoute-t-elle, est la source de
toutes les vertus !

JULIETTE, *à part.*

Hélène parle ainsi de moi... Ah! je lui prou-
verai qu'elle ne s'est pas trompée! (*Elle rentre
tout doucement au château.*)

ADOLPHE, *à sa mère, après avoir réfléchi.*

Je m'en rapporte entièrement à vous...: un
fils n'a pas de meilleure amie, de meilleur
conseiller que sa mère.

SCÈNE IX

LES MÊMES, *excepté Juliette*; NINETTE, *entrant par la grille.*

NINETTE, *à la baronne, qui vient de sortir du berceau avec son fils.*

Mame la baronne, le village est en train de s'habiller pour venir.

LA BARONNE.

C'est bien... Maintenant, Adolphe, allons rejoindre ta cousine... et gardons le secret.

NINETTE, *à part.*

C'est la journée aux secrets!

LA BARONNE.

Je veux jouir de son étonnement. (*Donnant le bras à son fils.*)

AIR de *la Lectrice*. (Hormille.)

Mon fils, de ta mère
Viens prendre le bras :

C'est à toi, j'espère,
De guider mes pas.

ENSEMBLE.

LA BARONNE.

Mon fils, de ta mère, etc.

ADOLPHE.

Un fils de sa mère
Doit prendre le bras :
C'est à moi, j'espère,
De guider vos pas.

NINETTE.

Un fils de sa mère
Doit prendre le bras :
C'est à lui, j'espère,
De guider ses pas.

(La baronne et Adolphe rentrent au château.)

SCÈNE X

NINETTE, *seule.*

Dans tout ça, j' n'ai pas encore eu l' temps
d' m'occuper d' ma toilette...; il n'y a qu' ma
tête d'habillée...: c'est désolant !...

SCENE XI

NINETTE, UN INCONNU.

L'INCONNU, *au fond, s'arrêtant devant la grille.*

C'est ici, je crois.

NINETTE, *se retournant, et apercevant l'inconnu.*

Quoi qu' c'est que c't homme-là ?

L'INCONNU.

Dites-moi, jeune fille..., ne suis-je pas devant
le château de madame la baronne de Lindorf?

NINETTE.

Oui, M'sieur... qu'est-ce qu'il y a pour vot'
service ?

L'INCONNU, *avec hésitation et entrant.*

Je désirerais... parler à mademoiselle Hélène.

NINETTE, *à part.*

Encore un malheureux !... En recevons-nous

d' ces visites-là ! (*Haut.*) Vous aurez d' la peine à l'approcher aujourd'hui...: il y a fête au château, et... Pouvez-vous revenir un autre jour?... demain, par exemple?...

L'INCONNU.

Je ne puis attendre.

NINETTE, *à part.*

Peut-être le cher homme se trouve dans un grand besoin..., et mam'selle Hélène m'a bien recommandé d' l'appeler, quand un pauvre la demanderait... (*Haut.*) J'cours la chercher. (*Elle sort vivement par le château.*)

SCÈNE XII

L'INCONNU, *seul.*

Elle va venir!... (*Mettant la main sur son cœur.*) Oh! comme mon cœur bat avec force!

AIR : *Muse des bois et des accords champêtres.*

Mon Dieu! mon Dieu! raffermis mon courage!...
Je vais pouvoir la serrer sur mon sein !

Déjà mon œil, après plus d'un orage,
Croit entrevoir un ciel pur et serein !
Mais qu'ai-je donc ? qu'elle idée importune
Vient me frapper... on dirait que j'ai peur...
J'ai bravement supporté l'infortune...
Eh bien ! je tremble à l'aspect du bonheur !

(*Regardant du côté du château et voyant entrer Héléne avec Ninette.*) La voilà ! (*Il considére Héléne avec amour.*)

SCÈNE XIII

NINETTE, HÉLÈNE, L'INCONNU.

NINETTE, *bas à Héléne en lui désignant l'inconnu.*

C'est le pauvre... Tiens..., comme il vous regarde !...

HÉLÈNE, *bas.*

Laisse-nous.

NINETTE, *bas.*

Nous sommes vraiment dans la maison du bon Dieu !... (*A part et sur le point de rentrer au château.*) Eh ben !... et moi qui n'ai pas encore cueilli mes fleurs !... Quelle tête de linotte que j'ai!... J' m'en y vas tout d' suite. (*Elle sort par la droite.*)

SCÈNE XIV

HÉLÈNE, L'INCONNU.

HÉLÈNE, *tirant de sa bourse une pièce d'argent,
et s'avançant vers l'inconnu.*

Tenez, brave homme, acceptez ce faible secours et revenez dans quelque temps...: vous
recevrez la même somme...

L'INCONNU.

Réserve ce secours pour d'autres malheureux... Ce n'est point de l'argent qu'il me faut,
à moi !

HÉLÈNE.

Que puis-je, alors ?

L'INCONNU.

Tu vas le savoir.

HÉLÈNE.

Parlez.

L'INCONNU.

Le récit que j'ai à te faire rouvrira mes bles-
sures douloureuses...; mais je dois t'initier à
mes malheurs... Prête-moi toute ton attention...
Ma famille est illustre... Né au milieu des splendeurs de la fortune, tout me souriait dans ce
monde... ah! que l'avenir me paraissait beau!...
Mon bonheur fut au comble, quand je devins
l'époux de celle que je préférais... Bientôt, hélas! le destin commença à m'accabler d'un de
ses coups les plus cruels... Au moment où je
remerciais le ciel de m'avoir rendu père, je
l'accusais de me priver d'une épouse adorée...
Si je supportai la vie, ce fut pour ma fille...,
ma fille, le seul bien qui me rattachât encore
à la terre!... Sur elle je concentrai toutes mes
affections, toutes mes pensées..., car je l'aimais! je l'aimais avec passion..., avec ido-
lâtrie!!!...

HÉLÈNE, *à part.*

J'éprouve une émotion!...

L'INCONNU.

Si tu savais ce que c'est que d'avoir une fille!...
Posséder près de soi un petit ange qui vous doit

l'existence..., lui prodiguer mille baisers, se mirer dans ses yeux, sourire à ses naïves reparties, élever son cœur à la vertu et son âme au ciel, et se dire avec orgueil, avec ivresse : c'est mon sang !... c'est ma fille !... (*Après un petit silence.*) Pendant deux ans, j'ai joui de cette félicité... mais l'orage grondait sur ma tête... (*Il s'arrête.*)

HÉLÈNE, *avec anxiété.*

Continuez.

L'INCONNU.

J'avais un frère aîné plus riche et plus puissant que moi... L'insensé, oubliant qu'il avait une nombreuse famille, ou plutôt trop ambitieux pour elle, conspira contre son souverain... La conspiration fut découverte, et la liste des coupables livrée au prince. Le nom de mon frère s'y trouvait...; ce nom, c'était aussi le mien...; les soupçons tombèrent sur moi... Je pris la fuite avec ma fille...; ma tête était mise à prix...

HÉLÈNE.

Et votre frère ?...

L'INCONNU.

Il avait une femme, des enfants... Pour me

justifier, il fallait le dénoncer... Je gardai pour moi le déshonneur.

HÉLÈNE.

Quel sublime dévouement !

L'INCONNU.

Poursuivi de tous côtés, je n'avais pas encore atteint la frontière..., j'étais en proie à la plus terrible alternative... En me livrant, je me voyais traîné dans un cachot, et j'exposais les jours de mon frère...; en défendant chèrement ma vie, j'exposais ma fille à recevoir le coup de la mort !... Le ciel m'inspira une résolution désespérée...: ce fut de me priver de mon seul trésor, de mon enfant. J'avais entendu citer les vertus, la bienfaisance d'une grande dame... Une nuit, j'entre dans son château, et me jetant à ses pieds, je lui dis: « Je vous confie un dépôt » sacré...; prenez soin de ma fille...: ce mé- » daillon lui fera, quelque jour, connaître son » père ! »

HÉLÈNE, *au comble de l'émotion.*

Ce château..., c'était celui-ci, n'est-ce pas?... La grande dame... c'était ma protectrice?... (*Ti- rant précipitamment le médaillon de son sein, et regardant l'inconnu.*) Ce portrait, c'est le vôtre..., et l'étranger... c'est vous..., mon père!... mon père!!!... (*Elle se jette dans les bras de l'inconnu.*)

L'INCONNU.

Ma fille! (*Le père et la fille se tiennent étroitement embrassés pendant le morceau suivant.*)

HÉLÈNE ET L'INCONNU.

AIR : *Éternelle amitié*. (A. Adam.)

Ce plaisir que j'attends,
Et depuis si longtemps,
Je le goûte aujourd'hui...
Mon malheur est fini !
Maintenant quel espoir
Se fait donc entrevoir,
Puisqu' ici le ciel rend
Un père à son enfant !

L'INCONNU, *se dégageant des bras d'Hélène.*

Mais si c'était une illusion?... Oh! non...non...: c'est bien toi que j'embrasse... après dix années d'exil, de séparation... C'est mon Hélène!... mon amour!... c'est ma fille!... Ah ! j'ai retrouvé ma fille!... j'ai retrouvé ma fille!... (*Embrassant encore Hélène, et la serrant dans ses bras avec transport.*)

AIR du *Baiser au porteur.*

Ma fille, ma gentille Hélène !...
Ah ! que ce nom me plaît à prononcer !
Oui, ta présence a terminé ma peine... :
Je puis enfin te chérir, t'embrasser ! (*bis.*)
Je ne suis plus désormais sans famille,
Et je défie à mon tour le destin... :
Car ce baiser, que je donne à ma fille,
    Efface dix ans de chagrin !
Un seul baiser, que je donne à ma fille,
    Efface dix ans de chagrin !

Ah ! j'avais besoin de tes caresses... Regarde-moi bien, enfant... Que tu es jolie ! tu es toute l'image de ta mère... tu en as la beauté, la bonté... Dis-moi, Hélène... as-tu pensé quelquefois à ton pauvre père ?

HÉLÈNE.

Chaque matin, chaque soir, je mêlais à mes prières une prière pour vous..., je vous recommandais mon âme, car je croyais la vôtre près de Dieu.

L'INCONNU.

Ah ! si j'ai pu me résoudre à vivre loin de toi, si j'ai eu cet affreux courage, c'était pour t'épargner toutes les privations de la misère...

Réfugié en France, mes yeux se portaient sans cesse vers l'Allemagne... enfin, il m'a été impossible de résister davantage au cri de la nature... j'ai tout bravé pour te revoir...; et ce seul moment passé près de toi m'a déjà fait oublier une existence de larmes et de désespoir!... Mais, dans ce château, es-tu heureuse?

HÉLÈNE.

Chez madame la baronne j'ai rencontré les soins et la tendresse d'une mère...; et maintenant..., oh! maintenant surtout, rien ne manque à mon bonheur!... Mais venez, venez avec moi vers madame de Lindorf...; je suis sûre qu'elle partagera ma joie, quand je vais lui apprendre...

L'INCONNU.

Silence, enfant, silence!... Personne au monde ne doit connaître notre secret.

HÉLÈNE.

Personne!... et ma bienfaitrice?...

L'INCONNU.

Ta bienfaitrice non plus...; il y va de ma sûreté.

HÉLÈNE.

De votre sûreté?...

L'INCONNU, *se disposant à partir.*

Adieu, Hélène!...

HÉLÈNE.

Vous me quittez... si tôt?

L'INCONNU.

Il serait imprudent à moi de demeurer plus longtemps ici...; mais nous nous reverrons bientôt... Ce soir, à l'approche de la nuit, trouve-toi à cette même place... j'y serai. (*Regardant à droite.*) J'entends quelqu'un... (*Il embrasse sa fille.*) A ce soir!

HÉLÈNE.

A ce soir!

(*L'inconnu sort précipitamment par la grille.*)

SCENE XV

HÉLÈNE, NINETTE, *arrivant par la droite
avec une corbeille remplie de fleurs.*

NINETTE, *qui a vu s'éloigner l'inconnu.*

Hein!... il était encore là, ce pauvre!... il
paraît qu'il en avait long à vous raconter... Et
on dit que les femmes sont jacasses!

HÉLÈNE, *à part.*

Mon père!... suis-je contente!... (*Après une
pause.*) Personne au monde ne doit connaître
notre secret... pas même ma bienfaitrice...

NINETTE, *à part, observant Hélène.*

Tiens..., elle cause avec elle seule...; et puis
elle vous a un air tout chose...(*Haut.*) Mam'selle
Hélène!

HÉLÈNE, *sans l'écouter, à part.*

Mon père reviendra sans doute sur cette dé-
termination.

NINETTE, *à part.*

Elle n' m'écoute pas... (*Haut et criant.*) Mam'-

selle Hélène!... regardez donc les belles fleurs
que j'ai cueillies pour mettre au corset du village!... (*A part.*) Pas plus d' réponse...: c' n'est
guère poli, tout d' même... (*Elle remonte et regarde par la grille, à droite.*) Ah ! j'aperçois l' village qui s'approche en habits des dimanches...
(*Regardant à gauche.*) V'là en même temps les
invités...: des seigneurs d'alentour..., des parents d'mame la baronne... Dieu de Dieu ! qu'ils
sont beaux ces parents ! Doit-on être fier d'avoir
des parents tournés comme ça ! (*Hélène est toujours absorbée dans ses réflexions.*)

SCENE XVI

Les mêmes, parents, seigneurs et villageois, *entrant par la grille ; puis* LA BARONNE,
ADOLPHE et JULIETTE, *sortant du château
pendant le chœur.*

Choeur.

Air : *Le verre en main jusqu'à demain.* (Mad.
Péterhoff.)

Nous voilà tous
Au rendez-vous,   (*bis.*)
Pour fêter les futurs époux !

En ce beau jour, offrons pour eux
　　Nos vœux;
Qu'ils soient plus tard toujours heureux.

　　Tous deux!
'C'est le plus cher de tous nos vœux!
　　Nous voilà tous
　　Au rendez-vous,　　　　　 } *(bis.)*
Pour fêter les futurs époux !

LA BARONNE.

Que l'allégresse brille
Parmi vous, mes amis !

TOUS.

Que l'allégresse brille
Parmi nous, mes amis !

LA BARONNE.

Vous êtes réunis
En fête de famille.

CHŒUR.

Nous voilà tous　　　 }
Au rendez-vous !　　　 } *(bis.)*
Nous voilà tous
Au rendez-vous,　　　　　 }
Pour fêter les futurs époux !　　 } *(bis.)*

NINETTE, *à part, après avoir distribué des fleurs
aux villageois.*

Qu'est-ce qu'ils chantent là ?... les futurs
époux !

JULIETTE, *à part.*

En aurai-je la force?...

NINETTE, *à part.*

Mam'selle Julliette n'a pas sa mine ordinaire.. (*Regardant Adolphe.*) Monsieur Adolphe a un drôle d'air aussi.

LA BARONNE, *à tout le monde.*

Que j'éprouve de plaisir à voir cette réunion autour de moi! C'est la première fois depuis ma maladie.

MINETTE, *à part.*

On dirait qu' mame la baronne va pleurer en parlant d' plaisir... Ont-ils l'air gai! ont-ils l'air gai!... on s' croirait à l'enterrement!

LA BARONNE.

Vous le savez déjà, mes amis; vous allez assister à une cérémonie qui doit se célébrer dans la chapelle du château...: aujourd'hui je fiance mon fils.

NINETTE, *à part.*

Bah! bah! bah!... Oh! c' te farce!...

HÉLÈNE, *bas à Juliette.*

Juliette, ton espoir se réalise.

LA BARONNE.

Je vais vous présenter celle que j'ai choisie pour être la compagne de mon Adolphe...

JULIETTE, *interrompant tout à coup la baronne et désignant Hélène.*

La voici !

ADOLPHE, *à part.*

Se peut-il ?...

LA BARONNE, *au comble de l'étonnement.*

Juliette, que fais-tu ?

JULIETTE.

Ce que mon cœur me dicte.,. Adolphe, il ne vous faut point une de ces femmes frivoles et coquettes...

ADOLPHE, *à part.*

Elle sait tout.

JULIETTE, *prenant Hélène par la main.*

Je vous présente la jeune fiancée, la sœur des pauvres, l'ange du village !

HÉLÈNE.

Oh ! ce n'est qu'un songe.

LA BARONNE, *amenant Juliette sur le devant de la scène.*

Juliette, une résolution si subite a de quoi me surprendre... Quel motif?...

JULIETTE, *d'une voix émue.*

J'ai réfléchi... qu'il me serait impossible d'être heureuse avec mon cousin, si sévère, si grave... Je vous dégage du serment fait à votre sœur...: car, moi, je suis libre de disposer de mon sort... (*A Hélène, en la faisant passer près de la baronne.*) Hélène, va embrasser ta mère..

ADOLPHE, *à Juliette, à demi-voix.*

Juliette... oh! que je vous aime!

JULIETTE, *bas, avec finesse.*

Plus que ce matin, n'est-ce pas?

LA BARONNE, *à Hélène.*

Tu seras donc ma fille!

HÉLÈNE.

Je ne dois pas... je ne puis accepter cet honneur...

4

LA BARONNE.

Tu en es digne par tes vertus.

HÉLÈNE, *à part.*

Et le consentement de mon père... Que dire?...
il m'a ordonné le silence...

LA BARONNE, *tendant la main à Hélène.*

Hélène, refuseras-tu de m'appeler ta mère?

HÉLÈNE, *se jetant dans les bras de la baronne.*

Ma mère!... (*A part.*) Et je garde un secret
pour elle!

NINETTE, *à part.*

Pendant qu'mame la baronne est en train,
elle devrait me trouver aussi un épouseur à
moi!

CHŒUR.

(Reprise.)

Nous sommes tous
Au rendez-vous,
Pour fêter les futurs époux !   (bis.)

(*Pendant la reprise du chœur, la baronne présente
Hélène à ses parents et aux villageois. — Le
rideau baisse.*)

FIN DU PREMIER ACTE.

ACTE DEUXIÈME

Même décoration qu'au premier acte.

SCÈNE I.

ADOLPHE, LA BARONNE, HÉLÈNE.

(Au lever du rideau, tous trois entrent par la droite, en se promenant. — Hélène est en blanc et porte la couronne de fiancée. — La baronne est entre Adolphe et Hélène.)

LA BARONNE.

Mes amis, mes enfants, vous êtes fiancés!... Hélène, te voilà ma fille!... Que cette couronne blanche sied bien à ton front virginal!... Oh! que je suis contente!

ADOLPHE.

C'est vrai, ma mère.

AIR : de *Teniers.*

Vous paraissez joyeuse et bien portante...
Dans vos regards brille un air de gaieté !

LA BARONNE.

Oui, j'en conviens, cette union touchante
A de mon corps ranimé la santé.
Dorénavant, n'ayant plus rien à cráindre,
Je puis encore espérer de vieux ans... :
Car maintenant la mort ne peut m'atteindre,
Et je la brave entre mes deux enfants !
Oui, je la brave entre mes deux enfants !

Tout me sourit aujourd'hui...; j'ai pu apprécier le cœur de Juliette...

ADOLPHE.

C'est à elle que je dois le bonheur de ma vie.

LA BARONNE, *à Hélène qui réfléchit.*

Hélène, tu sembles rêveuse...Aurais-tu quelque secret ?

HÉLÈNE, *à part.*

Un secret !... (*Haut.*) Je pense que j'ai détruit
les espérances de Juliette...; elle s'est sacrifiée
pour moi...; devant tout ce monde, je n'ai pas
eu le courage de m'opposer à son dévouement...

LA BARONNE.

Plus tard je trouverai à ma nièce un époux

qui lui convienne...; ne sois plus inquiète sur son sort. (*A son fils.*) Adolphe, dans deux ou trois ans, dès que tu seras reçu médecin, dès que vous serez mariés, j'abandonne ce château et toutes mes vieilles habitudes, pour aller me fixer pr   de vous.

HÉLÈNE.

Oh! quel avenir!

LA BARONNE.

Chacun de vous n'est-il pas la moitié de mon existence?... Oui..., il me serait tout à fait impossible de me passer de vos soins, de vos caresses..., enfin de vivre sans l'un de vous deux... Aussi, loin de nous toute idée de séparation... Mais nous parlons..., nous parlons... sans songer qu'il faut aller rejoindre la société...

HÉLÈNE, à part.

Voici bientôt la nuit. (*Haut.*) Veuillez m'excuser... si je ne vous accompagne pas...: un malheureux doit se rendre ici...

LA BARONNE.

ou jours une pensée pour l'infortune!... Je Te puis que t'approuver, mon enfant...Dépêche-

4

toi, surtout...: je ne me sens jamais mieux que quand tu es à mes côtés.

ADOLPHE, *à Hélène.*

Hélène, vous ouvrirez le bal avec moi.

LA BARONNE, *riant.*

Avec son mari... en espérance!... c'est de rigueur!

AIR : *Galop du Cheval de bronze.* (Aubert.)

Reste seule un moment,
De ton argent
Pour secourir quelque indigent;
Ne tarde pas, crois-moi,
Car sur ma foi,
Le bal serait triste sans toi.

ENSEMBLE.

LA BARONNE.

Reste seule un moment, etc.

ADOLPHE, *à Hélène*

Restez donc un moment,
De votre argent
Pour secourir quelque indigent :
Ne tardez pas, ma foi,
Car, croyez-moi,
Chacun serait tout en émoi.

HÉLÈNE.

Je reste un seul moment ;)
    Un indigent
Pour des secours ici se rend ;
Dans peu je vous revoi.
    Mais, sur ma foi,
Le bal peut commencer sans moi.

(La baronne et Adolphe rentrent au château.)

SCÈNE II

HÉLÈNE, *seule.*

J'avais besoin d'être seule, livrée à moi-même... Tant d'événements se sont succédé depuis ce matin, qu'à peine puis-je y croire!... Pourquoi donc ai-je le cœur oppressé, quand je devrais être au comble de la joie?... Ah! c'est que déjà j'ai engagé ma foi sans le consentement de mon père!... *(Se retournant vers le fond.)* On vient... *(Courant à la grille.)* C'est lui.

SCÈNE III

HÉLÈNE, L'INCONNU.

L'INCONNU, *entrant par la grille.*

Ma fille, combien j'étais impatient de te revoir! on s'accoutume si vite au bonheur!... (*La regardant.*) Hein!... que signifie cette couronne blanche?

HÉLÈNE.

J'ai un pardon à vous demander, mon père...: je viens d'être fiancée sans votre permission.

L'INCONNU.

Fiancée!

HÉLÈNE.

Avec le fils de madame la baronne... Pour refuser une telle faveur, une si grande preuve d'amitié, je n'avais aucune raison à faire valoir...: vous m'avez défendu de parler de vous.

L'INCONNU.

Si je consentais, rien ne manquerait donc à ta félicité?

HÉLÈNE.

Rien, mon père...: ma bienfaitrice m'aime autant que son fils... En la nommant ma mère, je crois parler à celle que je n'ai jamais connue.

L'INCONNU.

Ainsi...

AIR : *Époux imprudent, fils rebelle.*

-Rester auprès de la baronne
Serait le plus cher de tes vœux ?

HÉLÈNE.

Que votre amitié me pardonne... ;
Mais je dois tant à son cœur généreux !
Oh ! je dois tant à son cœur généreux !
Elle entoura jusqu'ici ma jeunesse
De ses soins et de son amour...
C'est bien le moins, mon père, qu'en retour
Je sois l'appui de sa vieillesse !

L'INCONNU.

Hélène, un père ne peut avoir qu'une seule pensée...: le bien-être de son enfant... D'avance tu devais être certaine de mon approbation.

HÉLÈNE.

Oh ! merci !... merci !... Maintenant, vous

n'avez plus qu'à vous faire connaître à madame
de Lindorf...

L'INCONNU.

Je te le répète, je veux rester inconnu à tout
le monde.

HÉLÈNE.

Excepté pour ma bienfaitrice... D'abord, cela
ne peut être autrement...; la même tendresse
qui l'unit à moi saura l'unir à vous...

L'INCONNU.

Qu'espères-tu ?

HÉLÈNE.

Vous resterez avec elle, et nous ne formerons
qu'une seule famille.

L'INCONNU.

Hélène..., c'est impossible.

HÉLÈNE.

Impossible?... mais la plus grande prudence,
le plus profond mystère vous entoureront.

L'INCONNU.

Près de toi, que m'importeraient tous les dan-

gers?... Ce refus te déchire le cœur, je le vois...;
écoute : En pays étranger, j'ai payé l'hospitalité, en mettant à profit les sciences que je
possède... J'ai donné des leçons...

AIR : *J'en guette un petit de mon âge.*

Mais en ces lieux accepter un asile,
Que je n'ai pas le pouvoir d'y gagner !
Vivre inactif, vivre inutile !...
Non, ma fierté ne peut s'y résigner.
La pauvreté, dont je m'honore,
Ne m'a jamais humilié...
Quoi! je devrais mon pain à la pitié,
Quand je puis travailler encore ?
Oh! je puis travailler encore !

Tu me comprends, n'est-ce pas, ma fille ?...
car le noble sang qui coule dans mes veines
coule aussi dans les tiennes...

HÉLÈNE.

Comment alors...?

L'INCONNU.

Je saurai que tu es heureuse...; j'emportera
donc au loin une somme de bonheur !

HÉLÈNE.

Vous partirez?

L'INCONNU.

Il le faut bien..., puisqu'il n'existe aucun moyen de nous réunir.

HÉLÈNE.

Aucun ?... et si je partais avec vous?

L'INCONNU.

Il se pourrait?...Enfant... tu n'y penses pas!... me suivre!... abandonner un avenir brillant!... abandonner une seconde mère... pour avoir en échange toutes les privations de l'exil!

HÉLÈNE.

Le ciel vous a donné une fille pour qu'elle fût votre consolation, votre soutien... Dites-moi, mon père, ne serait-ce pas pour vous le bien suprême que d'avoir sans cesse à vos côtés un enfant pour vous aimer... de jouir de son regard d'amour.... de recevoir ses caresses?...

L'INCONNU.

Ma fille!... Oh! mais non..., je ne dois pas souffrir un tel sacrifice... Qu'ai-je fait pour toi, moi pauvre banni ?...

HÉLÈNE.

Ce que vous avez fait pour moi?

AIR : *Un page aimait la jeune Adéle.*

> N'étais-je pas votre unique pensée
> Dans cet exil dont vous frappa le sort?
> Pour me tenir un instant embrassée,
>   N'avez-vous pas bravé la mort?
> Et lorsqu'auprès d'un père qui m'adore,
> J'éprouve enfin un aussi doux émoi,
> Pouvez-vous bien me demander encore
>   Ce que vous avez fait pour moi ?

Ne me refusez pas..., ou je douterais de votre tendresse..., je croirais que vous me trouvez indigne de m'attacher à votre destinée... (*Tombant aux genoux de l'inconnu.*) Mon père, j'embrasse vos genoux!

L'INCONNU, *la relevant avec amour.*

Ah! je n'ai plus la force de te résister!

HÉLÈNE.

Je vais dire un dernier adieu à ma bienfaitrice...

L'INCONNU.

Tu ne peux lui dire cet adieu sans lui révéler notre secret... Dans son désespoir, elle voudra s'opposer à notre fuite, nous retenir à tout prix... Plus tard..., quand nous serons loin d'ici, à l'abri de toute poursuite..., alors, seulement, tu lui écriras...

HÉLÈNE.

M'éloigner... sans la prévenir!

L'INCONNU.

C'est bien cruel, n'est-ce pas?... Pauvre enfant! peut-être ai-je trop présumé de ton courage... Tu as suivi un premier mouvement..., je n'en abuserai pas... Il est temps encore de revenir sur ta résolution.

HÉLÈNE.

Je suis prête à vous suivre,

L'INCONNU.

Non..., non...; avant de briser les liens qui t'attachent à la baronne et à son fils..., j'entends que tu réfléchisses...

HÉLÈNE.

Pourquoi?

L'INCONNU.

Jeune, sans expérience, tu ne soupçonnes pas les changements qu'apportent dans nos idées quelques instants de réflexion... Ce soir..., à dix heures..., je serai devant l'église du village... Si tu ne viens pas... (*Embrassant Hélène sur le front*), reçois mon dernier baiser comme tu recevras ma dernière pensée. (*Il va pour sortir.*)

HÉLÈNE, *l'arrêtant.*

Par pitié... emmenez-moi!...

L'INCONNU.

Reste..., je le veux. (*Il sort par la grille. — Hélène est demeurée immobile.*)

SCENE IV

HÉLÈNE, *seule.*

Mon père!... mon père!... il est parti!... A

dix heures, il m'attendra...; jusque-là je dois renfermer dans mon sein un secret qui m'étouffe.

Air d'Yelva.

Près de quitter une mère adoptive,
Dont la bonté guida mes premiers ans,
Je suis et tremblante et craintive...

(Mettant la main sur son cœur.)

Et je ne sais ce que là je ressens.
A tant d'assauts quand je me trouve en proie,
Dans une fête en mon honneur
Il faut montrer sur mes traits une joie
Que dément trop le trouble de mon cœur !
Montrons, hélas ! sur mes traits une joie
Que dément trop le trouble de mon cœur !

Quelle situation que la mienne !

SCÈNE V

HÉLÉNE, JULIETTE, *en grande toilette de bal, sortant du château.*

JULIETTE, *à Hélène:*

Je viens te chercher, Hélène : on te demande pour ouvrir le bal.

HÉLÈNE, *à part.*

Le bal !

JULIETTE.

Tu étais seule ?...

HÉLÈNE.

Juliette, c'est toi qui devrais être la fiancée
d'Adolphe...; une jeune fille vive et enjouée
convient mieux à une personne sérieuse.

JULIETTE.

Ce matin, tu me tenais un tout autre langage.
Apprends donc que, même sans toi, j'aurais re-
jeté l'alliance de mon cousin...: sa gravité doc-
torale me fait peur, à moi si folle !... (*A part.*)
Il faut bien la tromper, pour rassurer sa déli-
catesse.

HÉLÈNE.

Promets-moi de prodiguer à madame la baronne les soins d'une fille.

JULIETTE, *étonnée.*

Ne seras-tu pas toujours auprès d'elle ?

HÉLÈNE.

Toujours!...qui oserait répondre de l'avenir?...
Si le destin, je suppose, m'enlevait à sa tendresse..., tu la consolerais, n'est-ce pas?

JULIETTE.

Elle ne supporterait pas ta perte.

HÉLÈNE, *très-émue.*

Tu crois?... mais tu te trompes...: on s'ha-
bitue aux plus grands malheurs.

JULIETTE.

Je ne te conçois pas...; au lieu d'être fière et
joyeuse, comme je serais à ta place..., je ne t'ai
jamais vue aussi mélancolique...

HÉLÈNE.

Oui, j'ai tort de parler ainsi... Pardonne-
moi..., et embrassons-nous, ma sœur... (*Elle
prend Juliette dans ses bras, et l'embrasse avec
effusion. — A part.*) C'est la dernière fois.

JULIETTE.

A la bonne heure...; mais qu'as-tu donc?...tu

pleures..., tes larmes sont brûlantes... et ton cœur bat avec violence!...

HÉLÈNE.

Juliette!

JULIETTE.

Ma bonne, ma tendre amie!... je me sens toute troublée... Oh! quoique bien frivole, bien étourdie, j'ai un cœur aimant, capable de comprendre le tien...

HÉLÈNE, à part.

Et je vais la quitter!

SCÈNE VI

LES MÊMES, NINETTE.

NINETTE, accourant du château.

Mesdemoiselles..., mesdemoiselles..., on s'impatiente...; on n' sait pas ç' que vous êtes devenues...

JULIETTE, *prenant Hélène par la main.*

Allons, Hélène, plus de ces réflexions qui attristent...; le plaisir nous réclame..., il est juste qu'il ait son tour...

AIR : *Ici, pour faire bombance.* (Tirelire.)

> J'entends de la contredanse
> Les accords harmonieux ;
> Viens ; au bal notre présence
> Va faire bien des heureux !

ENSEMBLE.

JULIETTE.

J'entends de la contredanse, etc.

HÉLÈNE, *à part.*

> Suivons-la donc à la danse...;
> Mais, tâchons, si je le peux,
> Qu'on ne lise pas d'avance
> Mon désespoir dans mes yeux !

NINETTE, *à Hélène et à Juliette.*

> Écoutez d' la contredanse
> Les accords harmonieux ;
> Partez-donc : votre présence
> Dans l' bal fera des heureux !

(*Juliette entraîne Hélène et entre avec elle au château.* — *La nuit, qui est venue peu à peu pendant les deux ou trois scènes précédentes, est maintenant tout à fait close.*)

SCÈNE VII

NINETTE, *seule.*

Enfin, v'là ma toilette achevée... et c' n'est pas sans peine... Tu dois être ben jolie comme ça, Ninette !... et quand tu montreras ton nez à la porte du salon, tu produiras un fameux effet, va..., un effet... à rendre toutes les femmes jalouses !... Quel dommage que je n' puisse pas y entrer tout à fait, dans ce salon !... Dame ! j' n'y serais pas plus déplacée qu'une autre...; on sait c' qu'on vaut... Mais patience !... patience !... quand j' porterai la queue d' mam'selle Juliette, faudra ben que j' la suive... n'importe où, d'abord..: (*Après un petit silence.*) En réfléchissant, nous avons eu raison de refuser not' cousin Adolphe... Oui..., c'est un brave et digne jeune homme, il est vrai..., mais incapable d' comprendre une belle toilette...; il est si en arrière !... Dieu merci ! dans quelques années, nous n'en manquerons pas d' maris !... et d'la première volée encore !... et qui seront trop heureux d' nous épouser !... (*Regardant du côté*

5.

du château.) S'en donnent-ils là-dedans ! oh ! si j'y étais !... Au fait, moi, chaque fois que j'entends des violons, ça m'agace les nerfs... et ça m' dégourdit les jambes... Ma foi, j'y peux plus tenir... j' vas m' figurer que j'ai un cavalier... on est libre de s' figurer c' qu'on veut...

AIR : *Valse du petit François* (A. de Beaupanl.)

Il me semble, au bal,
Entendr' le signal
D'une valse étourdisssante...
On vient m'inviter :
Je n'os' résister
A ce plaisir qui me tente...
J' saisis la main qui s' présente !

(*Parlant en faisant la révérence.*) Ben obligée, m'sieur ! (*Reprenant l'air.*)

Je m'avance, en clignant les yeux,
Pour m' donner un air de faiblesse ;
J' suis ben sûr, que, faut' de mieux,
On m' prend au moins pour une altesse !

(*Faisant lourdement quelques pas.*)

J' valse avec légèreté...
J' fais des passes,
J' fais des grâces !
D' mon genre, en vérité,
Chacun est transporté !
On m' suit, ou me regarde...

(Avec mauvaise humeur.)

Mais, Peters, prends donc garde...
Voyez un peu ce nigaud,
Qui m' flanque un coup de sabot !

(Valsant en boitant un peu.)

Tra, la, la, la, la, la, la, la, la, la, etc.

(A la fin de la valse, elle prend une pose).

Hein ?... Oh ! saperlotte !... c'est-il amusant ?...
(S'éventant avec son tablier.) Oui..., mais c'est
échauffant !... et ça essouffle... *(Apercevant la
grille, qui est restée ouverte.)* Ah !... à propos,
j'oubliais qu' mame la baronne m'a recommandé d' fermer la grille, puisque tout l' monde
est arrivé... *(Elle va à la grille.)* Allons, où c'que
j'ai mis la clef, à c'tte heure ?... Ah ! dans la
poche d' mon *tabelier* !... *(Elle atteint la clef et
ferme la grille.)* Là... à double tour ?... *(Otant la
clef de la serrure, et la remettant dans sa poche.)*
Sera ben malin qui sortira sans ma permission !... *(Ici l'orchestre exécute, en sourdine, un air
de galop, qui continue jusqu'après l'entrée d'Hélène.)* Oh ! v'là l' galop !... le galop !... faut que
j' galope... Ah ! ben, tiens... tant pis... allons
voir le coup d'œil... et l' galop !... et si on a

besoin d'une galopeuse... me v'là !... (*Elle rentre au château, tout en galopant.*)

SCÈNE VIII

HÉLÈNE, *seule arrivant par le deuxième plan, à gauche.*

Je suis parvenue à m'échapper par une porte secrète... Oh! comme je souffrais de cacher ainsi mes larmes sous un sourire!... (*Regardant autour d'elle.*) Personne! (*Après une pause.*) Je vois encore le visage de ma bienfaitrice rayonnant d'orgueil et de joie...; jamais ses yeux ne se fixèrent sur moi avec plus d'amour!... Et Adolphe... Adolphe qui paraissait si heureux!... Quel sera leur désespoir en apprenant mon départ!... ils m'accuseront d'ingratitude... et je les fuirais!... oh! non, cela ne se peut pas... Mais que dis-je?... et mon père.., mon père!... Ah! mon cœur se brise! (*Elle tombe à genoux.*)

AIR : *Ne les protégez pas.* (Thys.)

Mon Dieu, que ta sagesse
Me donne le pouvoir

De dompter ma faiblesse
A remplir un devoir !
Et pour la bonne mère
Qui me tendit les bras,
Exauce ma prière :
Ne l'abandonne pas ! (*bis.*)

(*Se relevant.*) Le sort en est jeté... Hâtons-nous...
(*Se dirigeant vers le fond.*) La grille n'est pas
ouverte, je crois... (*Cherchant à ouvrir la grille.*)
Elle est fermée... à deux tours !... et je n'ai pas
la clef !... malheureuse !... que devenir ?.. (*Regardant à gauche.*) Quelqu'un !...c'est Ninette !...

SCENE IX

NINETTE, *sortant du château*; HÉLÈNE.

NINETTE, *étonnée.*

Quoi ! c'est vous, mam'selle Hélène ?...

HÉLÈNE, *balbutiant et quittant la grille.*

Oui... je... je m'assurais... si la grille était
bien fermée...; mais... la clef... où est-elle ?

NINETTE.

Dans la poche d' mon *tabelier*.

HÉLÈNE.

Madame la baronne a demandé cette clef...,
je vais la lui remettre...; donne... donne.

NINETTE.

Merci..., vous êtes trop complaisante...; c'est
à moi d' la porter... (*A part.*) Bon! v'là une fameuse occasion d' m' glisser dans l' bal!

HÉLÈNE.

Arrête...; tu as le temps... (*A part.*)

AIR de *l'Angélus.*

Voici bientôt l'instant fatal
Où je dois rejoindre mon père;
Mon embarras est sans égal...
O ciel ! que résoudre et que faire? (*bis.*)
J'ai beau chercher... je ne vois pas...
Un frisson mortel me pénètre...

(*On entend, au lointain, sonner dix heures. —
Hélène s'arrête, et semble compter les coups avec
anxiété.*)

L'heure a sonné... déjà, là-bas,
Mon père attend sa fille, hélas!
Sa fille, qu'il maudit peut-être!

NINETTE, *s'approchant d'Hélène.*

On dirait que vous allez vous trouver mal...;
j' cours chercher du monde...

HÉLÈNE, *lui saisissant le bras.*

Non... reste...; ce n'est rien...; je me sens
mieux... (*A part.*) Le ciel m'inspire!... (*Haut.*)
Je n'ai jamais été aussi gaie que dans ce moment.

NINETTE.

On ne s'en apercevrait pas.

HÉLÈNE, *à part.*

L'heure marche (*Haut.*) Tu as l'air d'en dou-
ter... (*Riant d'une manière convulsive et forcée.*)
Ha!... ha!... ha!... entends-tu comme je ris?...
J'en deviendrai folle, tellement je suis heureuse!... Ha!... ha... ha!...

NINETTE.

Vous riez..., vous riez d'une drôle d' façon...

on croirait plutôt qu' vous grincez des dents...;
ça m'effraye !

NINETTE, *à part.*

HÉLÈNE.

Poltronne !... Ah ! dis donc, as-tu bien re-
marqué ma jolie toilette ?...

NINETTE, *à part.*

La v'là qui devient coquette, à c'tte heure...;
c' que c'est que l' mariage !

HÉLÈNE.

Je suis certaine qu'elle t'irait à ravir, ma toilette !... surtout cette couronne blanche !... si
tu l'essayais ?

NINETTE, *riant niaisement.*

Oh !... oh !... vous vous gaussez d' moi... et
mon bonnet ?...

HÉLÈNE.

Il faut l'ôter. (*Elle lui detache précipitamment
son bonnet et le jette à terre.*)

NINETTE.

Prenez garde de l'abîmer... Ah! il est déjà à terre.

HÉLÈNE, *qui a posé la couronne sur la tête de Ninette.*

Tu est charmante ainsi... Par exemple, tu ne peux garder un tablier avec une couronne... ça ne va pas. (*Elle défait le tablier de Ninette, et le jette à terre comme le bonnet.*)

NINETTE.

Eh ben!... eh ben!... je n' sais plus où j'en suis...; vous m'ahurissez avec vot' précipitation.

HÉLÈNE.

Tiens... tiens, je parie une chose...

NINETTE.

Quoi donc?

HÉLÈNE.

Je parie... que tu brûles d'envie de te regarder dans une glace.

NINETTE.

Oh!... vous supposez...; mais, dame !... si j'é-
tais sûre qu'on ne me voie pas... ça 'm' ferait
plaisir tout d' même,

HÉLÈNE.

En ce cas monte par le petit escalier déro-
bé... vile... vile... va voir comme tu es belle !...
je t'attends.

NINETTE, *ramassant le bonnet et le tablier, qu'elle
pose sur une chaise.*

Vous êtes d'une vivacité...

HÉLÈNE, *à part.*

Quel supplice !... si mon père partait sans
moi !... (*Haut.*) Dépêche-toi donc.

NINETTE.

J' vas m' mirer des pieds à la tête ! (*Elle sort
par le deuxième plan, à gauche.*)

SCENE X

HÉLÈNE, *seule.*

Enfin!... Mon Dieu! vous me pardonnez de l'avoir trompée!... il n'y avait pas d'autre moyen pour obtenir cette clef... (*Allant prendre la clef dans la poche du tablier.*) La voici!... (*Elle va à la grille, qu'elle ouvre, et, chancelante, elle s'appuie contre les barreaux.*) O ma mère!... Adolphe!... Adieu!... adieu pour toujours!... (*Puis, semblant réunir tout son courage, elle s'enfuit et laisse la grille ouverte. Le théâtre reste vacant pendant quelques secondes.*).

SCENE XI

NINETTE, *seule, revenant par le deuxième plan à gauche.*

Mam'selle Hélène, vous avez raison, j'suis ravissante... Ah! mon tour viendra aussi d'avoir une couronne blanche... et plus tôt qu'on ne croit... En attendant, reprenez la vôtre. (*Elle ôte la couronne.*) Moi, je reprends mon bonnet et mon *tabelier*... (*Se retournant, et ne voyant personne.*) Eh ben ! où est-elle donc ?... *Regardant la grille.*) Ah ! mon Dieu ! la grille est ouverte... et la clef est à la serrure... Quoi qu' ça veut dire ?... (*Appelant au dehors.*) Mam'selle Hélène !... mam'selle Hélène !... Rien !... Ah ! ça, j' commence à m'inquiéter... c'tte absence... à une pareille heure... faut prév'nir... (*Allant à la porte du château, et criant.*) Mame la baronne !... M'sieur Adolphe !... Mam'selle Juliette !... Venez... venez tous !

SCÈNE XII

JULIETTE, ADOLPHE, LA BARONNE, NINETTE, Seigneurs, Parents, Villageois, deux Domestiques, *portant les torches allumées. —* *Ils arrivent tous avec précipitation.*

CHŒUR.

Air : des *Huguenots.* (Meyerbeer.)

O ciel ! (*bis*) quel fracas se fait entendre !
Quel bruit (*bis*) au bal vient de nous surprendre ?

Ici (*bis*) nous voilà sans plus attendre :
Pourquoi (*bis*)
Mettre chacun en émoi ?...

LA BARONNE ET ADOLPHE, *entrant avec Juliette.*

D'où vient (*bis*) que malgré moi je frissonne ?...

*(Apercevant la couronne d'Héléne, que Ninette a
jetée à terre.)*

Grand Dieu (*bis*) qu'ai-je vu ?... Cette couronne !...

*(Adolphe ramasse la couronne et la donne à
Juliette.)*

CHŒUR.

O ciel ! (*bis*) voilà qui doit nous surprendre !
Ici (*bis*) vraiment je n'ose comprendre :
A quoi (*bis*) peut-on aujourd'hui s'attendre ?
Pourquoi (*bis*)
Mettre chacun en émoi ?

LA BARONNE, *à Ninette.*

Qu'est-ce enfin ?... Ninette, avance...

NINETTE.

Mam'selle Hélèn' vient d' partir...

LA BARONNE, ADOLPHE et JULIETTE.

Partir !

NINETTE.

Et d' son plein gré, j' pense...

(Montrant la clef de la grille qu'elle a reprise.)

C'tte clef... ell' sut m' la ravir...

ADOLPHE, *avec chagrin.*

Partie!... Adieu, douce ivresse!

LA BARONNE.

Sans songer à ma douleur,
Hélène fuit, nous délaisse...!
Quel coup affreux pour mon cœur !

ADOLPHE, *parlant.*

Ma mère, calmez-vous...; peut-être tout espoir n'est-il pas perdu!... Il y a là-dessous un
mystère que je ne puis m'expliquer... Oh!
nous la retrouverons... *(Allant aux villageois.)*
Mes amis, parcourez le village...; sans doute
elle n'est pas loin... Allez..., allez...

CHOEUR.

(*Reprise.*)

Amis, (*bis*) dépêchons, sans plus attendre :
Allons, (*bis*) il nous faut tout entreprendre...

O ciel! (*bis*) à nos vœux daigne la rendre!
        Courons (*bis*)
    Et nous la ramènerons!

*(Au moment où tout le monde va pour sortir, pa-
raissent à la grille l'inconnu et Hélène.—L'inconnu a un costume d'officier général avec plusieurs
décorations, et tient Hélène par la main.)*

SCÈNE XIII

Les mêmes, HÉLÈNE, L'INCONNU, *sous le
nom du* DUC DE LANDSBERG.

LE DUC, *à la baronne.*

Madame la baronne, je vous ramène votre
fille.

HÉLÈNE.

Ma mère..., pardonnez-moi de [vous avoir
quitté... c'était pour mon père!

LA BARONNE.

Ton père!
    (Mouvement général de surprise.)

LE DUC, *passant entre Hélène et la baronne.*

Vous allez tout savoir... Je suis cet inconnu,
qui, fugitif, vous confia son enfant... Aujour-
d'hui mes malheurs sont finis...; un autre
souverain a révoqué l'arrêt qui m'avait con-
damné... j'ai repris mon noble titre : on m'appelle le duc de Lansberg... Mais que m'impor-
taient à moi toutes les richesses, tous les hon-
neurs, sans ma fille?... Je vins dans ces envi-
ron; on y vantait les qualités d'une orpheline...;
le pauvre l'avait surnommée l'ange du village...;
je voulus me convaincre par moi-même de
tant de vertus... Alors, je me présente à la jeune
fille comme un proscrit... et bientôt je la
trouve prête à suivre son père dans l'exil!...
Avec quelle impatience je l'attendais devant
l'église!... Jugez de ma joie, quand je la vois
accourir...

AIR des *Frères de lait.*

C'est sur mon sein qu'elle se réfugie,
Pour oublier ce qu'elle abandonnait!...

(*A Hélène.*)

Va, cette épreuve, ô ma fille chérie,
S'est terminée au gré de mon souhait :

Enfant, merci du bien que tu m'as fait !
Tu laissais donc, à la voix de ton père,
Fortune, amis, tout pour suivre ses pas !...
Tu voulais donc partager sa misère...
C'est son bonheur que tu partageras !
Toi, qui voulais partager ma misère,
C'est mon bonheur que tu partageras !

(*A la baronne.*) Madame la baronne, vous qui m'avez conservé mon enfant, quelles preuves e ma reconnaissance peuvent égaler un tel enfait ?

LA BARONNE.

Il est un moyen de vous acquitter... c'est de onner au fiancé d'Hélène le nom de votre fils.

LE DUC.

Oh ! de grand cœur !

JULIETTE, *au duc, en lui donnant la couronne.*

Voici la couronne d'Hélène.

LE DUC, *la posant sur le front d'Hélène.*

Ma fille, sois fiancée par ton père ! (*Il fait pas-r Hélène près de la baronne.*)

NINETTE, *à Hélène, avec un soupir.*

Mam'selle Hélène... ah !... vous êtes bien heu-use !...

LA BARONNE, *souriant.*

Comment, Ninette, est-ce que tu voudrais aussi?

NINETTE, *un peu honteuse.*

Dame!... tout comme une autre, mame a baronne!

LA BARONNE.

Allons, sois tranquille...; plus tard je te trouverai quelque honnête garçon...

NINETTE, *avec joie.*

Vrai?... vive mame la baronne !

CHOEUR FINAL.

Air nouveau de Mlle *Nathalie Duffaud.*

Que l'allégresse
A la tristesse
Succède enfin, et pour toujours!
Gaieté, folie,
A notre vie
Venez prêter votre secours !

HÉLÈNE, *au public.*

Je serais trop récompensée,
Messieurs, si vous daigniez, du moins,

A la jeune fiancée
Chaque soir servir de témoins.

CHŒUR.

Que l'allégresse
A la tristesse
Succède enfin, et pour toujours!
Gaieté, folie,
A notre vie
Venez prêter votre secours !

FIN.

VARIANTES

N. B. Dans le cas où l'on voudrait jouer cette pièce dans un pensionnat de jeunes demoiselles, on peut, au moyen de légères variantes, changer le rôle de l'*Inconnu* en une *Inconnue*, qui serait la mère d'*Hélène.* — Nous indiquons ci-après quelques-unes de ces variantes.

La pièce prendra le titre de :

L'ANGE DU VILLAGE

ou

TOUT POUR MA MÈRE !

ACTE PREMIER

SCÈNE IV

JULIETTE.

Quand je pense à ton histoire, il me semble que c'est un roman... Oh ! ma tante me l'a souvent racontée... Il y a dix ans à peu près, pen-

6.

dant la nuit arrive dans ce château une étrangère couverte d'un large manteau... sa figure
pâle, ses yeux hagards peignaient le trouble de
son âme. Elle portait un enfant dans ses bras...
c'était toi !... etc., etc.

SCÈNE XI

NINETTE, une INCONNUE.

L'INCONNUE, *au fond, s'arrêtant devant la
grille.*

C'est ici, je crois.

NINETTE.

Quoi qu' c'est que c'tte femme-là ?... etc., etc.

SCÈNE XIV

L'INCONNUE.

Le récit que j'ai à te faire rouvrira des bles-
sures douloureuses...; mais je dois t'initier à

mes malheurs... prête-moi toute ton attention...
Ma famille est illustre... Née au milieu des
splendeurs de la fortune, tout me souriait dans
ce monde... Ah! que l'avenir me paraissait
beau!... Mon bonheur fut au comble quand je
devins la femme de celui que je préférais...
Bientôt, hélas! le destin commença à m'accabler d'un de ses coups les plus cruels... Au
moment où je remerciais le ciel de m'avoir
rendue mère, je l'accusais de me priver d'un
époux adoré..., etc., etc.

(*Et plus loin.*)

HÉLÈNE, *avec anxiété.*

Continuez!

L'INCONNUE.

J'avais une sœur aînée plus riche et plus
puissante que moi...; l'insensée oubliant qu'elle
avait une nombreuse famille, ou plutôt trop
ambitieuse pour elle, conspira contre sa souveraine...; la conspiration fut découverte, et la
liste des coupables livrée à la princesse...; le
nom de ma sœur s'y trouvait... Comme elle avait
épousé un frère de mon mari, ce nom était

aussi le mien...; les soupçons tombèrent sur moi...; je pris la fuite avec ma fille... ma tête était mise à prix.

HÉLÈNE.

Et votre sœur?...

L'INCONNUE.

Elle avait des enfants... etc., etc.

(Même scène.)

HÉLÈNE.

Ce portrait... c'est le vôtre..., et l'étrangère... c'est vous..., vous, ma mère!.., ma mère!...

L'INCONNUE.

Ma fille!...

AIR du Baiser au porteur.

Ma fille, ma gentille Hélène!
Etc., etc.

ACTE DEUXIÈME

—

SCENE III

L'INCONNUE

Si je consentais, rien ne manquerait donc à ta félicité?

HÉLÈNE.

Rien, ma mère... Ma bienfaitrice m'aime autant que son fils...

L'INCONNUE.

Ainsi...

AIR : *Époux imprudent, fils rebelle.*

Rester auprès de la baronne
Serait le plus cher de tes vœux ?
Etc., etc.

(*Plus loin.*)

L'INCONNUE.

En pays étranger, j'ai payé l'hospitalité en mettant à profit les sciences que je possède... j'ai donné des leçons...; mais accepter un asile, où je serais forcée de vivre dans une coupable inaction... jamais! Le travail est trop inséparable du malheur. Tu me comprends, n'est-ce pas, ma fille? car le noble sang qui coule dans mes veines, coule aussi dans les tiennes... etc.

(Même scène.)

L'INCONNUE.

Il se pourrait!... Enfant, tu n'y penses pas!...: me suivre..., abandonner un avenir brillant... pour avoir en échange toutes les privations de l'exil!... etc., etc.

(Plus loin.)

L'INCONNUE.

Ma fille... Oh! mais non...,je ne dois pas souffrir un tel sacrifice... Qu'ai-je fait pour toi, moi pauvre bannie?

HÉLÈNE.

Ne me refusez pas..., où je douterais de votre tendresse.., etc., etc.

SCÈNE XIII

HÉLÈNE, *à la baronne.*

Madame..., pardonnez-moi de vous avoir quittée... c'était pour ma mère !

LA BARONNE.

Ta mère !

LA DUCHESSE DE LANDSBERG.

Vous allez tout savoir... Je suis cette inconnue qui, fugitive, vous confia son enfant... Aujourd'hui mes malheurs sont finis...; une autre souveraine a révoqué l'arrêt qui m'avait condamnée... J'ai repris mon noble titre : on m'appelle la duchesse de Landsberg... etc., etc.

INDICATIONS GÉNÉRALES.

Changer partout le nom de l'*Inconnu* en celui de l'*Inconnue*.

Toutes les fois que le mot *père* s'applique à l'*Inconnu* le remplacer par celui de *mère*, — etc., etc.

Quant au rôle d'Adolphe, qui est fort court, il est très-facile, comme cela se pratique dans bon nombre de pensionnats de demoiselles, de le faire jouer par une jeune personne travestie.

FIN DES VARIANTES.

550. — PARIS. — IMP. ÉDOUARD BLOT, RUE BLEUE, 7.

www.ingramcontent.com/pod-product-compliance
Ingram Content Group UK Ltd.
Pitfield, Milton Keynes, MK11 3LW, UK
UKHW022317070726
13614UKWH00002B/783